新版 歌集

てのひらを燃やす

大森静佳
Omori Shizuka

角川書店

てのひらを燃やす　目次

Ⅲ

装幀　片岡忠彦

新版 歌集　てのひらを燃やす

大森静佳

I

硝子の駒

冬の駅ひとりになれば耳の奥に硝子の駒を置く場所がある

カーテンに遮光の重さ　くちづけを終えてくずれた雲を見ている

祈るようにビニール傘をひらく昼あなたはどこにいるとも知れず

尊さと遠さは同じことだけど川べりに群生のオナモミ

うすき胸を窓に押し当て君を待つあえなくまぶたへ海を呼びつつ

てのひらの重ねるための平たさの夜は兵士のように立つ樹々

もみの木はきれいな棺になるということ　電飾を君と見に行く

レシートに冬の日付は記されて左から陽の射していた道

外国の硬貨のレリーフのような横顔ばかりのあなたと思う

美しいものを静かに拒みつつぺんぺん草を踏んでゆく土手

これは君を帰すための灯　靴紐をかがんで結ぶ背中を照らす

水切りの石を選んで届かない言葉かアポリネールの石は

辻褄を合わせるように葉は落ちてわたしばかりが雨を気にする

生活と人生の差は　コラージュのように影ある壁にもたれて

手帳にも小さな傘を描き加えながら揺られる川へのバスに

光りつつ死ぬということひけらかし水族館に魚群が光る

その靴の踵を染める草の色もうずっと忙しい人である

逢えなくて読み継ぐ本にきらきらとガジュマルの木は沼地に育つ

しゅんしゅんと雪を吸いこむ傘で追う失うはずのものを数えて

褐色のはなびらよぎり一日はしきりに先を急ぐ冬汽車

髪はつねに空にもっとも近いところ暦をめくるように触れくる

遠くなったり近くなったりして夢のリノリウムの廊下に君がいた

かなしみの分け前として花冷えの夜はあり君の背に触れてみる

自転車のかごに駐輪場の券いつまでも放っておく日々なのに

蒼白のジュリヤン・ソレルの暗誦のさなかすべてが終わってしまう

指先をひたしていれば晩年にこんなに近い噴水のみず

返信を待ちながらゆく館内に朽ちた水車の西洋画あり

背景にやがてなりたしこの街をあなたと長く長く歩いて

一年とおもう日の暮れ樹の匂う名前の駅で待ち合わせれば

言い過ぎてしまうことなし自転車のサドルに沁みて降る春の雨

水細くして洗う皿もう君が学生でないこと思いつつ

みずうみの絵葉書を出す片隅にえんぴつで水鳥を浮かべて

目をつむる日盛りの橋ここまででいいからというように眩しく

夕さりの半身浴に思い出す童話に疑心はしなやかにあり

過ぎた日にのみ映像はあふれつつ尖った肩にふれる楠の葉

第五演習室へ提げてゆく『中世の秋』　あきらめてきたもの

切れ切れに姿みとめて帰りゆく石塀があちこちで途切れて

瘦身の父親として君がいつか立つという夏　カンナが光る

キャンパスへ背丈を測りにゆく四月イチジクの果樹撫でながらゆく

途切れない小雨のような喫茶店会おうとしなければ会えないのだと

ハルジオンあかるく撓れ　茎を折る力でいつか別れるひとか

プリンタが白紙を垂らす睡蓮の絵をともに見た日の遠ざかり

これが最後と思わないまま来るだろう最後は　濡れてゆく石灯籠

とどまっていたかっただけ風の日の君の視界に身じろぎもせず

ふたりでは暮らしたことのなくて葉はかぎ編みに似た影を水辺に

わたしにも君にも忘れられている日照雨もありて仰角の街

いつまでということもなく逢いに行く枯れたナズナをちらちらと振り

バスタブに銀の鎖を落としつつ日々は平らに光って消える

輪を落とす雨

かなしみはいつも怒りを追い越して水田の面《も》に輪を落とす雨

部屋に雨匂うよ君のクリックに〈はやぶさ〉は何度も燃え尽きて

蛍光ペンかすれはじめて逢えぬ日のそれぞれに日没の刻あり

そばにいるひとの思いがツユクサに触れて離れたあとに晩夏は

夕空が鳥をしずかに吸うように君の言葉をいま聞いている

きみのてのひらにマウスは包まれてときおり螢のように光りぬ

この夏は針となり降る蟬の声忘れたくないことを忘れずにいる

一行の影絵

西暦はいつまでこんな清潔さ片手を挙げてきみは寄り来る

レシートを対岸の陽に透かしては目を見てものを言いたくおもう

ワイシャツの背を流れゆく濃き葉影わたしにばかり時間はあった

眠りたくないとき見ゆる暗がりのモンテ・クリストしずかな泳ぎ

風のない史跡を歩む寡黙なら寡黙のままでいいはずなのに

褪せる、には対語はあらず標識の〈百万遍〉の字の青が見ゆ

八月を逢わずに過ごすどの爪も押すたび白くかなしみを溜め

日付から思い出せないものもあり柱にもたれる角度を真似る

大学の北と南に住んでいて会っても会っても影絵のようだ

関わってゆかねばしんと乾きゆく前歯で細いストローを嚙む

川面には鵜の影が来て影だけを見ていればいい訳ではないが

自転車を軋ませながら帰る道がまんづよさはかなしまれにき

遠ざかるビニール傘の骨は透けもうしばらくは今日であること

M・M

友のノートにマグダラのマリア〈M・M〉と略され夜はしずもりてゆく

喉の深さを冬のふかさと思いつつうがいして吐く水かがやけり

日は縦に縦に継ぐもの冬雲は輪郭線に光溜めつつ

レース越しに電線ぼやけその息が寝息に変わるまでを聴きおり

痩せぎすの馬がスプーンの柄に彫られ駆け出しそうなさびしさにいる

立ち入ったことも問わねば近づけずはるか水鳥身を震わせて

はぐれれば等しく君もはぐれると立ちどまりつつゆく花灯路

眠るひと見るのが好きで見ておればつくづくと眼は球体である

浴槽を磨いて今日がおとといやきのうのなかへ沈みゆくころ

約束の日はことごとく雨降りできみに母なきことを思えり

沈黙がリラを咲かせてもう何もこぼれないよう手の下に手を

晩年のあなたの冬に巻くようにあなたの首にマフラーを巻く

雨後の森にみずからの影踏みはずすほどのせつなさ知りてしまえり

われの生まれる前のひかりが雪に差す七つの冬が君にはありき

仰ぎ見る角度はひとを美しくしてマグダラはみずうみの町

遠近

塗り絵のように暮れてゆく冬　君でないひとの喉仏がうつくしい

性欲に向きのあることかなしめりほの白く皺の寄る昼の月

ふるさとへ君連れてゆく三月よ改札は雨に濡れない場所だ

忘れていい、わたしが覚えているからと霙の空を傘で突きゆく

戒名に光の字ありまばたきはひかりを薄く挟むということ

ひたすらに白を重ねて花が散り痛みはものの外側にある

しゃらしゃらと風に崩るる雪柳〈この川〉が〈あの川〉になりゆく

唇《くち》と唇合わすかなしみ知りてより春ふたつゆきぬ帆影のように

感情がわたしのからだの芯だった　白木蓮の長く散る春

Ⅱ

晩夏抄

雨脚が細くなりゆくつたなさにふたりはひとりよりもしずかだ

すずかけの樹に風満ちて君にならら言い得ることを言わずにいたり

忘れずにいることだけを過去と呼ぶコットンに瓶の口を押しあて

つばさすらないのに人は　あまつさえ君は夕暮れに声低くする

しばらくは眼というぬるき水面に葉影映して君を待ちおり

かなしみと名づければひたのぼりくる枯れ蔓ほどの感情がある

ぺてん師のなみだのように「ぺてん師」に薄くふられており傍点は

木製の羽閉じている風見鶏ことばに宿るものなどはなく
遠い先の約束のように折りたたむ植物園の券しまうとき

水葵咲かせるために身をひいてゆかねばならぬ夏とおもえり

あとがきのように寂しいひつじ雲見上げてきみのそばにいる夏

地下書庫に棚を動かすボタンあり『野火』の背にふれし指先で押す

夜更けて血のつながりのなきひととニュースに夏の蜂を見ていつ

手花火を終えてバケツの重さかなもうこんなにも時間が重い

教室に声とつとつとつと　訳されて異国の点灯夫は夜の街路へ

年月に運ばれながらとれかけたあなたのシャツのボタンにふれる

きみいなくなればあめでもひかるまちにさかなのようにくらすのだろう

ひかりをあたえるように檸檬へ包丁の刃を差し込みぬ君を帰して

マネキンの脱衣うつくし夜の隅にほの白い片腕をはずされ

眠るひとの手首に指で輪をつくる窓辺に月の雨はこぼれて

透けながらいつか崩れてゆく影を抜け殻に蟬たちは残せり

生活をすこし重ねて逢う日々にトルソーに似た残像ばかり

凭れればそれが背中になることの金木犀がもうじき咲くよ

君の死後、われの死後にも青々とねこじゃらし見ゆ　まだ揺れている

目は心の窓というその目を閉じて晩夏の蛇口ひねっていたり

落ち葉

洗面器しずかに満たす秋の水呼び戻すすべなきものばかり

バスタブの底にひたりとみずからの足裏の影踏みおり夜は

どの秋もきみを忘れてゆく秋か日向はガラス越しに見るもの

大切なもの少なくて白鷺はひとひらの紙のごと降り立ちぬ

目に見える風と見えないその風を映画は描き分け長かりき

晩年の長さと秋の短さとロバート・デ・ニーロ逆立ちをせり

身の裡の水位を下げて聴くときにエレベーターの声透きとおる

Einmal ist keinmal《一度は数のうちに入らず》　挽歌から挽歌へ人は光を綴じて

テーブルの木目を視野に残しつつ見送る側につねにいたりき

彫り深き秋とおもえり歳時記の挿し絵に鳥はみなつばさ閉じ

憎むにせよ秋では駄目だ　遠景の見てごらん木々があんなに燃えて

ゆうやみにゆうやみ繋げひとすじに生きて折ふし人と別れる

くるしんでいいあかあかと珊瑚樹にかがやきの房いくつも垂れて

てぶくろがもうじき要るということを語尾を濡らしてきみは告げたり

寂しいひとに仕立て上げたのはわたし　落ち葉のように置手紙あり

揺れないもの

こんなにも架空のさびしさ散りばめて街とはつねに鳥の背景

ひとの頬打つ熱を知らぬてのひらが風中に白き櫂《オール》となりぬ

憎むということがあまりにたやすくて素足を水辺に残して来たり

透きとおる砂の時計を落ちてゆくあれが時間であるのかどうか

立ち尽くす一生《ひとよ》の他はなき樹々よその一本に似ているきみは

桜の木よりも深くはかなしめずさやさやと白湯飲みて眠れり

春風に揺れないものと揺れるものあって揺れないもののわたくし

約束はもっとも細きゆびでせり白詰草の辺の夕明かり

真鍮の文鎮みがく　生きている限りは空の内側にいて

後戻りするものだけがうつくしい枇杷の種ほど光る初夏

やがて人の胸へ吸われてゆく夏よピエタ像から聴こえる唄よ

視界の六月

言葉より声が聴きたい初夏のひかりにさす傘、雨にさす傘

卵殻の内をぬぐえばゆびさきは夜明けだろうかひかりはじめる

擦り切れるほど呼んでほしい手花火が闇に濃度をしんと与えて

自慰というさびしさ知らず知らされず麦茶の瓶を倒して冷やす

怒りは人を守るだろうが　石鹸の吊り紐が夜の灯に揺れている

藍色の月さえ楡の木にのぼりきみとわたしのいない六月

ビー玉の底濁る昼　くちづけて顔から表情を剥がしたり

手鏡を折りたたむとき閉じ込めたあれがほんとうの月夜だった

夕立は誰かの死後をざんざんと打ちいき鳥の頬をこすりて

逢うたびに均されている　みずからの空に差し込むつばさのふかさ

こめかみに画家は消失点を打ちそこからの風明るむばかり

いつもわたしがわたしの外にいてさびしい豆腐のみずも細く逃がして

襟巻きが痒くてむしろ加害者に寄りやすきこころとふかくつり合う

モノクロの写真に眼鏡の山は見ゆ死とは視界を置いてゆくこと

靴という小暗き穴へ足沈めあなたは夜を帰って行けり

冬暦

夕闇があなたの耳に彫る影をゆうやみのなかで忘れたかった

冬だけをきびしく美化するゆびさきよパン屑を卓に圧して拾いぬ

歯をあてた場所からやがて腐りゆく林檎のような言葉告げたり

栞紐のさきをほぐしぬ一月の心に踏みとどまる名前あり

西暦はあまねく人の没年と花瓶の細き影を見ており

声変わりせぬおとうとと別れ来て真冬の万華鏡のしずけさ

薄明のドン・ジュアンを追えという声したたらす蛇口を磨く

合歓の辺に声を殺して泣いたこと　殺しても戻ってくるから声は

苛立ちが客体となる夕暮れをパン屋〈柳月堂〉灯りゆく

その眉をおもうのだろう　年老いたわたしは雪降る鳥の窓辺に

どうにかして抱きしめたいような言葉　さようなら、と笹舟を流すように言う

細雨がソーダブレッド湿らせて日々はひかりの縞とおもえり

ふたりでいればいつかふたつの死となろう野はらの石のように温くて

蠟燭の芯をしずかに起こす指、忘れることのあかるさに見ゆ

Ⅲ

沈めねばならぬから

空間を運んで疲れやすき眼よやがてしずかな鬼百合の夏

雨を映すたび老いてゆく眼でしょうか駅のベンチの背に傘を掛け

眼と心をひとすじつなぐ道があり夕鵙《ゆうもず》などもそこを通りぬ

声は舟　しかしいつかは沈めねばならぬから言葉ひたひた乗せる

わたしよりうつくしい眼のそのひとに如雨露のような性欲だろう

皮うすく削れば梨はにんげんの足裏のごとくしろし夕べに

鬼やんまの翅の反照　つづまりは見ているものが過去だったのだ

いくたびもきみをうしなってきたような夕焼けに身を遠くひたしぬ

スワンボートのスワンの首よしろじろと反りて水面を見ぬことを選べり

一瞬がしゃぼんの玉のように浮き沈めりきみの生にふれつつ

秋とあなたのゆびへ

これでいい　港に白い舟くずれ誰かがわたしになる秋の朝

人体にボタンがないということも嬉しく雨に身を差しこみぬ

つばさ、と言って仰ぐたび空は傾いてあなたもいつか意味へと還る

次々に鶴を産むのよゆびさきを感情をどこへも飛ばさぬように

踊り場に葉を踏みながらゆるやかにからだの軸を取り戻したり

把手《ノブ》に絡みついたままの暴力が指からゆびへわたすみずいろ

奪ってもせいぜい言葉　心臓のようなあかるいオカリナを抱く

すんすんと月夜を伝い降りてくる一茎のそれはひかり　無名指《むめいし》

こころなどではふれられぬよう赤蜻蛉は翅を手紙のごとく畳めり

売ることも買うこともできる快楽、と思いつつはぷはぷ牛乳を注ぐ

あなたの部屋の呼鈴を押すこの夕べ指は銃身のように反りつつ

楽器にゆび、そして椅子にはにんげんを置くんだ秋を引きとめるため

風に散る紙を一枚ずつ拾いここがわたしの世であったこと

かといって歪んだ声も聴いてほしい風のあなたに幾たびか逢う

歳月が言葉に移るまどろみのしらかみに飛び交うゆびの影

器

この雨の音はわたしが眠ったら春のどなたのどこを打つのか

生きている間しか逢えないなどと傘でもひらくように言わないでほしい

あなたまでわたしが続きわたしまで夕闇つづき噴き上がる雲

そこに言葉を灯していいか戦場の白、梅林の白痩せてゆく

白い器に声を満たして飛ぶものをいつでも遠くから鳥と呼ぶ

紫陽花のふくらみほどに訪れるあなたを産んだひとへの妬み

石を落とせば水面に誰かの眼がひらく　ここはどこからこんなに遠い

ひと夜隔て心にしんと呼び出せば魚群の捩れの角度うつくし

この世からどこへも行けぬひとといる水族館の床を踏みしめ

鏡

雲のことあなたのことも空のこと　振り切ることのいつでも寒い

まばたきのたびにあなたを遠ざかり息浅き夏を髪しばりたり

奪うには近くて　耳に細い雨　奪われるには遠すぎたこと

視ることの昂ぶりにいる　空間を圧しながら輪をひらく花火は

わたくしへひらきっぱなしの遠花火、花火へ閉じたきりのわたくし

比喩としてしか燃えない空に生かされて眼の高さまで沈める帽子

言葉と声がすれちがう場所と思うから夜ふかぶかと首を抱きぬ

産むことも産まれることもぼやぼやと飴玉が尖ってゆくまでの刻

肉づきのよい雲きらい　川べりを水の速さに遅れて歩む

鏡のなかで眼が合うようなくるしさの夏だった蟬の声波立って

たくさんの窓を夜空にめぐらせてめぐりを遠ざかる観覧車

歌の眼

ひらくもののきれいなまひる　門、手紙、脚などへまた白い手が来る

触れることは届くことではないのだがてのひらに蛾を移して遊ぶ

空の端ちぎって鳥にするような痛みにひとをおもいそめたり

髪の奥のUピンの熱　かたかたと鳴る夕闇に花火を待った

空はいつわたしへ降りてくるのだろう言葉の骨に眩みゆく夏

先に眠ったあなたからはみ出してきた夜をさかなの薄さでねむる

からくり

一心に梨の皮削ぐ手のあなた　さびしい水は死なせてあげて

みずからの灯りを追って自転車は顔から闇へ吸われてゆけり

鬼となるようには〈ひと〉になれぬのに鋏の、そしてゆびさきの錆

身体《しんたい》というからくりに秋の水めぐらせているあなた　朽ちゆく

焼けば死が舌に喰い込むやさしさの魚料理のてらてらの皿

飲食ののち風浅き道ゆけばこの身はさかなの柩であった

感情を飼い馴らしてはならぬから版画の暗さに冬が来ている

もっともっともっともっと　空間をくすぐりながらはなびら落ちる

つまり光の量だあなたや折り鶴に皺を与えてうつくしくする

はじめから破れていたり撫でるたび夜をあなたをひらく瞼は

冬の夜のジャングルジムに手をかける悦び　手には生涯がある

空とあなたが心を奪い合う昼をねむるよ毛布の薄さをひらき

夕空は無数の舌をはためかせ木の葉と知っていたら拒めた

裸身ということ

かろうじてそれはおまえのことばだが樹間を鳥の裸身が揚がる

報道に生者ばかりが現れてあらわれてぬらりとくちびるひらく

やましさが案山子のように立っているからだを抜けてくるのか歌は

黙禱のたびおとずれる闇のどの暗さも死後の闇とはちがう

手摑みで胸の底へと置いてゆくがれきや泥の、重いだろうか

たった一人が味方でしょうかてのひらに昏き心音呼び出しており

からめれば切符のような冷たさの舌だったんだ　だったんだ　冬

生前という涼しき時間の奥にいてあなたの髪を乾かすあそび

輪郭のつばさ

どこか遠くでわたしを濡らしていた雨がこの世へ移りこの世を濡らす

空に耳ふたひら立ててひとはゆくブラッドベリの死ののちの夏

曼珠沙華嚙み合いながら炎えている道であなたとすれちがいたい

にんげんに尾があったなら性愛はもっとさびしい　風を梳く草

その声の箏のようなさみしさの奥まで夏の雨沁みてゆく

魚の唇《くち》はぎんいろの輪だ　水辺には声持たぬもの集まりやすく

船の窓ゆたかに冷えて国というつやめく単位ひとつおもいぬ

たましいよ　ブイは皎歯のしずけさで並んでいるがおまえも行くか

平泳ぎするとき胸にひらく火の、それはあなたに届かせぬ火の

しろじろと瞼のような貝殻の散らばる浜をひとり歩みぬ

ハロルドがモードを忘れてゆく日々のあちらこちらでコップが割れる

後ずさりできぬ鳥たち　二人称をずたずたにする夕焼けだった

擦れ違うためのこころと思うまで腰骨の尖りにふれている

たそがれはたてがみ痒し海に降る雨の高さを仰いでいたら

この生にたとえばどんな翼でもみずから燃やしてしまうわたしは

けだもののように花火は息づいて息の終わりがすこし匂えり

てのひらに吐き出せそうな感情の沈澱《おどみ》を溜めて浴槽みがく

ひと言が糸引くまひる　紫陽花のほとりに傘の襞ととのえて

でも空に仄白くあいた穴としてのみ昼月を眺めておりぬ

話し始めにわたしの指に触れたがる仕草おもえりゆびの夕映え

沼ならば顔じゅうで笑え　沼ならばあなたのカメラは光を咲かす

匙の裏の丸みに圧せばプディングの弾力に性のやさしさがある

流行り言葉のように素早く口にしてそれきり窓のようなあなただ

遊園地はまわるもの多き場所なれば木馬の首の影ながかりき

夕焼けに喰い込む牙を持つこともあなたがあなただから言わない

歳月の裂け目のような秋めぐり立ったままいのちほどく植物

ピエタというひとつの型に声絶えて釘打つように逢いにゆきたり

ひらがなは漢字よりやや死に近い気がして雲の底のむらさき

風の昼運ばれてゆきてのひらを離れてからがほんとうの柩

言葉にわたしが追いつくまでを沈黙の白い月に手かざして待てり

あとがき

私にとって、詠うことは自らの手を燃やすような静けさの行為である。幼い頃から、怒りや悔しさが兆すとどういうわけか心より先にまずてのひらの芯が痛んだ。てのひらにこそ〈私〉が在ると信じていた。手と言葉、手と思惟とが絡まり合ってひとすじの詩が満ちる。そのときの私の歓びが、この本に鮮しく眠っていてくれたらと思う。

人間にできる最も美しいことと最も醜いこと、そのどちらにも手が関わる。風が吹くと、草花や葉はみな同じ方向に揺れるが、手というのはこの世にあって一つ一つまったく違った揺れ方をする。これから先、私はどれだけの人々や記憶に向かってこの手を振るのだろうか。てのひらが最後に見送るものは、紛れなく私自身である。

＊

この歌集には、大学生として京都で過ごした四年間の歌を収めました。制作順に三つの章に区切りましたが、各章のなかでは制作時期が前後する部分もあります。

栞文を寄せてくださった永田和宏様、中津昌子様、五島諭様、助言をいただいた吉川宏志様に心より感謝いたします。また、「塔」短歌会、神楽岡歌会、京大短歌の皆様とともに歌に向き合うことのできた学生時代は私の幸福です。ありがとうございます。出版に際してお世話になった角川学芸出版の石川一郎様と住谷はる様、装幀を担当してくださった片岡忠彦様にも感謝いたします。

二〇一三年春

大森静佳

新版　あとがき

このたび第二歌集『カミーユ』（書肆侃侃房）刊行と同時に、『てのひらを燃やす』を新版というかたちでふたたび送り出すことになりました。五年という月日を経て今、この歌集が新たな読者に出会えることをとても幸せに思います。

新版では、作家の小川洋子さまに大変嬉しい帯文をいただきました。小川さんとは同じ岡山市出身で、通っていた高校も同じです。高校の図書室で一人、小川さんの小説を読んだり短歌をつくったりしていた頃の自分に、駆け寄っていってこの未来を教えてあげたい気分です。旧版につづいて今回も装幀を担当してくださった片岡忠彦さま、そして角川文化振興財団の石川一郎さま、住谷はるさまにも心より感謝申し上げます。

二〇一八年春

大森静佳

著者略歴

大森静佳（おおもり　しずか）

1989年、岡山市生まれ。京都市在住。

高校時代に短歌と出会い、その後「京大短歌会」を経て「塔」短歌会所属。

2010年、「硝子の駒」にて第56回角川短歌賞受賞。

2013年、第一歌集『てのひらを燃やす』（角川書店）刊行。同歌集にて、第58回現代歌人協会賞、第20回日本歌人クラブ新人賞、第39回現代歌人集会賞を受賞。

2018年、第二歌集『カミーユ』（書肆侃侃房）刊行。

新版　歌集　てのひらを燃やす　てのひらをもやす

塔21世紀叢書第330篇

2018（平成30）年 6 月26日　初版発行
2024（令和 6 ）年10月 5 日　 6 版発行

著　者　大森静佳
発行者　石川一郎
発　行　公益財団法人　角川文化振興財団
〒359-0023　埼玉県所沢市東所沢和田3-31-3
ところざわサクラタウン　角川武蔵野ミュージアム
電話 050-1742-0634
https://www.kadokawa-zaidan.or.jp/
発　売　株式会社　KADOKAWA
〒102-8177　東京都千代田区富士見2-13-3
電話 0570-002-301（ナビダイヤル）
https://www.kadokawa.co.jp/
印刷製本　中央精版印刷株式会社
 ISBN978-4-04-884183-2 C0092